교과서 속
세계 명작

어린 왕자

교과서 속
세계 명작
어린 왕자

초판 1쇄 2014년 5월 10일
원작 앙투안 드 생텍쥐페리
글 책글놀이
그림 윤나누
펴낸이 조영진
펴낸곳 고래가숨쉬는도서관
출판등록 제406-2012-000082호
주소 경기도 파주시 문발로 115, 302호(문발동, 세종출판벤처타운)
전화 031-944-9680
팩스 031-945-9680
홈페이지 www.goraebook.com

ISBN 978-89-97165-62-9 64800
ISBN 978-89-97165-60-5 64800(세트)

교과서 속
세계 명작

어린 왕자

원작 앙투안 드 생텍쥐페리
글 책글놀이 그림 윤나누

고래가 숨쉬는
도서관

양난영 선생님이 콕콕 짚어 주는 독서 활동

책 읽는 것은 재밌는데 독후감 쓰기는 싫은 친구는 없나요? 분명 있을 거예요. 그런데 어른들은 책을 읽고 나면 꼭 느낌을 물어보고, 독후감 쓰기를 강요하지요. 왜 그러냐고요? 독서만큼이나 '쓰기'도 중요하거든요. 쓰기는 반드시 훈련이 필요하답니다. 아무리 책을 많이 읽어도, 말을 잘 해도, 쓰기 훈련이 되어 있지 않으면 마음먹은 대로 글을 쓸 수가 없어요. 이제부터 차근차근 독후감 쓰기 연습을 해 보아요.

■ 독서 전 활동 두근두근, 어떤 이야기가 펼쳐질까?

예를 들어 오늘 읽을 책으로 '레 미제라블'을 고른다면 무슨 생각부터 할까요? '레 미제라블'이 도대체 무슨 뜻일까, 지은이는 누구일까, 어떤 이야기일까, 이것저것 궁금하지 않을까요? 그래요. 책 읽기는 이러한 궁금증부터 시작한답니다. 그런 뒤 다음의 활동들이 따라요.
- 책 제목과 표지 그림을 보고 어떤 이야기가 펼쳐질지 상상해 보아요.
- 책 표지와 뒤표지에 있는 글을 읽은 다음, 차례도 순서대로 읽어 보아요.
- 책을 펼쳐 그림만 쭉 보면서 책 내용을 상상해 보아요.

엄마 가이드 글을 잘 쓰기 위한 가장 중요한 비법은 무엇일까요? 막상 책을 덮고 글을 쓰려고 하면 아무런 생각도 나지 않은 경험이 있지요? 우리 어린이들도 마찬가지랍니다. 따라서 다양한 방법으로 독서 전에 흥미와 관심을 유발시켜 주세요. 과학책이나 역사책 등 지식 정보 책을 읽기 싫어하면 관심 있는 주제부터 먼저 읽도록 권해 주세요.

■ 독서 중 활동 재밌는 곳은 포스트잇을 빵빵!

책을 읽다가 재미난 장면이나 감동 깊은 장면이 있다면 포스트잇을 빵 붙여요. 중요한 장면에도 포스트잇을 빵 붙여요. 한 번 읽었다고 해서 휙 던져 버릴 것이 아니라 이렇게 저렇게 훑어보고 이야기를 하다 보면 자연스럽게 느낀 점도 말하기 쉽고 글감도 형성된답니다.
- 재미있는 장면이나 중요한 장면이 나올 때마다 포스트잇을 붙여요.

- 두 번째 읽을 때는 포스트잇이 붙어 있는 부분만 골라서 내용을 엮어 보아요.
- 그중 인상 깊은 장면을 세 가지 정도 골라 보아요.
- 감동을 받거나 새롭게 알게 된 사실 등은 다른 색깔로 포스트잇을 붙여요.

■ 독서 후 활동 **다양한 활동으로 기억 남기기**

- 명장면을 따라 그려요.
- 순서대로 중요 장면을 몇 장면 정해서 그리거나 글로 써 보아요.
- 등장인물을 그림으로 그리고 소개해요(옷, 신분, 나이, 대사 등).
- 마음에 드는 구절을 옮겨 써 보고, 내 생각도 덧붙여 보아요.
- 주인공에게 위로의 편지를 써 보아요.
- 다른 사람에게 읽은 책을 추천하고 그 이유도 세 가지 정도 써 보아요.
- 마인드 맵으로 이야기의 소재나 주제를 소개해요.
- 상상력을 펼쳐 뒷이야기를 써 보아요.
- 주인공을 내 이름으로 바꿔 새로운 이야기를 엮어 보아요.
- 주인공이나 줄거리, 배경 등이 비슷한 책을 함께 소개해요.

■ **세계 명작을 읽으며 글쓰기 실력 쑥쑥 늘려요!**

오랜 시간 동안 세계 여러 나라 사람들에게 사랑받아 온 세계 명작에는 시대와 나라를 뛰어넘는 인류의 보편적 가치관과 철학이 담겨 있어요. 우리 조상들의 지혜가 담겨 있는 우리고전과 마찬가지로 세계 명작을 통해 우리 어린이들은 어려움을 이겨 내는 용기와 서로 돕는 아름다운 마음씨, 다른 사람에 대한 배려와 예의 등을 자연스럽게 익힐 수 있지요. 세계 명작 속 등장인물이 되어 이야기를 따라가다 보면 읽는 즐거움은 물론 집중력과 상상력까지 길러 준답니다. 세계 명작의 줄거리를 파악하고, 그 안에 담긴 주제의식이나 우리와는 다른 여러 나라의 생활과 풍습, 문화 등에 대해 생각해 보고 독후감 쓰기를 하다 보면 글쓰기 실력도 쑥쑥 늘어날 거예요.

차례

어린 왕자

어린 왕자와 장미

나는 여섯 살 때 '체험담'이라는 원시림에 관한 책에서 굉장한 그림 하나를 보았다. 보아뱀이 맹수를 잡아먹고 있는 그림이었다. 그 그림을 본 뒤 나는 태어나서 처음으로 그림을 그려 보았다. 나는 내가 그린 그림을 어른들에게 보여 주며 물었다.

"어때요? 내 그림이 무섭지요?"

"아니, 모자가 뭐가 무섭다는 거니?"

어른들은 내 그림을 알아보지 못했다. 내가 그린 그림은 코끼리를 소화시키고 있는 보아뱀이었다. 나는 어른들을 위해 보아뱀 속에 코끼리를 다시 그려야만 했다. 그러자 어른들은 내게 그림 소질이 없으니 다른 것에 관심을 가지라고 말했다. 이렇게 해

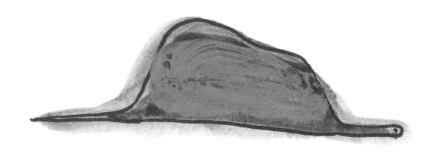

서 나는 여섯 살 때, 화가라는 멋진 직업을 포기했고, 비행기 조종법을 배워 조종사가 되었다.

나는 늘 내가 처음으로 그린 보아뱀 그림을 지니고 다녔다. 어쩌다 조금 총명해 보이는 사람을 만나면 그 그림을 보여 주었다. 그러면 사람들은 모두 한결같이 '이건 모자군!'이라고 대답했다. 나는 그런 사람에게는 보아뱀 이야기도, 원시림에 대한 책 이야기도 하지 않았다.

육 년 전, 나는 비행기가 고장을 일으켜 홀로 사하라 사막에 떨어졌다. 내게는 일주일 치 물밖에 없었다. 엔진을 고치지 않으면 꼼짝없이 죽게 될 처지에 놓이게 된 것이다. 첫날 밤을 사막에서 홀로 지낸 뒤, 해가 뜰 무렵의 일이었다. 어디선가 아주 작은 목소리가 들렸고 나는 놀라서 잠에서 깼다.

"양 한 마리만 그려 줘!"

정말 이상하게 생긴 조그만 사내아이가 진지한 얼굴로 나를 쳐다보고 있었다. 사막 한가운데서 난데없이 나타난 그 아이는 길을 잃은 것처럼 보이지도 않았고, 무서워하는 것처럼 보이지도 않았으며, 배가 고프다거나 목이 말라 보이지도 않았다. 나는 아이에게 물었다.

"그런데……, 너 여기서 뭐하고 있는 거니?"

"부탁이야. 양 한 마리만 그려 줘."

너무 기가 막히고 어리둥절한 일이었지만 나는 주머니에서 종이 한 장과 만년필을 꺼냈다. 그러나 나는 양을 어떻게 그려야 할지 몰랐다. 그래서 내가 그릴 수 있는 보아뱀 그림을 그려 그 아이에게 주었다.

"보아뱀은 싫어. 내가 사는 곳은 아주 조그마하단 말이야. 그러니 양 한 마리만 그려 줘!"

할 수 없이 나는 양을 그렸다.

"이 양은 병들었어. 다른 양을 그려 줘!"

나는 다시 양을 그려 주었다.

"이건 뿔이 있잖아. 이건 염소야!"

나는 아이의 요구가 귀찮아졌고, 엔진을 빨리 고쳐야 한다는

생각이 들었다. 그래서 아무렇게 쓱쓱 상자 하나를 그려 그 아이에게 주며 말했다.

"이건 상자야. 그 안에 양이 들어 있어."

그러자 아이의 얼굴이 환하게 밝아졌다.

"그래, 이거야! 이게 바로 내가 갖고 싶던 양이라고."

이렇게 해서 나는 어린 왕자를 알게 되었다. 그가 어디에서 왔는지 아는 데는 시간이 한참 걸렸다. 어린 왕자는 내가 묻는 질문은 거의 귀담아듣지 않았다. 대신 자신이 궁금한 것은 언제나 내게 물었고, 나는 대답을 해 주었다. 그러면서 나는 그에 대해 조금씩 알기 시작했다. 그는 내 비행기를 보고 물었다.

"이 물건은 뭐야?"

"그건 하늘을 나는 비행기란 거야."

"아저씨도 하늘에서 떨어졌구나. 어느 별에서 왔어?"

"그럼 넌 다른 별에서 왔단 말이니?"

그는 내 말에 가만히 고개를 끄덕였다. 나는 그가 왔다는 '다른 별'이 무척 알고 싶어져서 다시 물었다.

“넌 양을 어디로 데려가려고 하
니? 양을 매어 놓을 수 있게
말뚝이나 줄을 그려 줄까?”

“괜찮아. 내가 사는 곳
은 아주 작아서 양은 멀
리 갈 수 없을 테니까……:”

이렇게 해서 나는 매우 중요
한 사실을 알게 되었다. 그가 사
는 별은 겨우 집 한 채 크기 정도라
는 것을 말이다. 그러나 그 별이 작다고 놀라지는 않았다. 우주
에는 사람들이 금성, 목성, 화성 같은 이름을 붙여 놓은 큰 별들
도 많지만, 하도 작아서 망원경으로도 보이지 않는 별들 역시 많
다는 것을 알기 때문이었다.

나는 어린 왕자가 살던 별과 그 별을 떠나 한 여행에 대해서
매일매일 조금씩 알게 되었다. 사흘째 되는 날에는 나는 그에게
서 바오밥 나무 이야기를 들을 수 있었다.

“양이 정말로 작은 나무를 먹어?”

“응.”

"그럼 바오밥 나무도 먹겠네? 정말 잘됐어."

"바오밥 나무는 작은 나무가 아니야. 교회만큼이나 거대한 나무인걸!"

"바오밥 나무도 어른이 되기 전에는 작은 나무일 거야."

"그야 그렇지. 그런데 왜 양이 바오밥 나무를 먹어야 하는데?"

그래서 나는 어린 왕자의 작은 별에 있는 무시무시한 바오밥 나무 이야기를 알게 되었다. 바오밥 나무는 제때에 뽑지 않으면 어린 왕자의 별을 엉망으로 만들고, 나중에는 별을 산산조각 내게 된다. 어린 왕자는 자신이 살던 별에서 아침마다 하던 일에 대해 말해 줬다.

"아침에 일어나 세수를 하고 나면 별도 몸단장을 해 줘야 해. 장미와 바오밥 나무를 구별할 수 있게 되면 바로 바오밥 나무를 뽑아내야 해. 바오밥 나무는 어릴 때는 장미랑 비슷하게 생겨서 구별이 쉽지 않거든. 이건 정말 귀찮은 일이기는 하지만 그렇게 어렵지는 않아."

시간이 갈수록 나는 어린 왕자의 소박하고도 쓸쓸한 삶에 대해 조금씩 알게 되었다.

"나는 해 질 무렵을 좋아해. 해 지는 걸 보러 같이 가."

"해가 지는 걸 보려면 기다려야지."

"왜? 아 참⋯⋯. 여기가 우리 집인 줄 알았네."

나는 어린 왕자의 별은 아주 작아서 의자를 몇 발짝 뒤에 놓으면 언제든 해가 지는 걸 볼 수 있다는 것도 알게 되었다.

"어떤 날은 마흔세 번이나 해가 지는 걸 보았어. 마음이 슬플 때는 해가 지는 걸 보고 싶거든……."

"그럼 마흔세 번이나 본 날은 많이 슬펐나 보구나?"

닷새째 되는 날, 나는 내가 그려 준 양 덕분에 어린 왕자의 비밀을 하나 더 알게 되었다.

"양이 나무를 먹으면 꽃도 먹겠네?"

"양은 닥치는 대로 다 먹어."

"가시가 있는 꽃도?"

나는 그때 비행기 엔진을 고치느라 정신이 없었다. 게다가 마실 물도 거의 떨어져 가는 중이라 걱정이 이만저만이 아니었다. 그래서 어린 왕자의 질문에 아무렇게나 대답을 해 버렸다.

"가시는 아무 짝에도 쓸모없어. 꽃들이 괜히 심술을 부려 생긴 거야."

그러자 그는 화가 나서 쏘아붙였다.

"꽃들은 약하고 순진해. 그래서 가시가 있으면 자신이 힘센 꽃이 된다고 믿는 거라고."

나는 엔진의 볼트를 어떻게 풀어야 할지를 생각하느라 그의 말이 귀찮았다.

"제발 좀 그만해. 난 지금 중요한 일을 하고 있단 말이야."

내가 이렇게 소리치자 그는 깜짝 놀라 나를 보며 말했다.

"아저씨는 지금 어른들처럼 말하고 있잖아. 내가 아는 어느 별에 시뻘건 얼굴을 한 신사가 살고 있어. 그는 꽃향기를 맡지도, 별을 쳐다보지도 않아. 누구를 사랑해 본 적도 없지. 그가 하는 거라고는 계산뿐이야. 그건 사람이 아니야. 버섯이지."

얼마나 화가 났는지 그는 얼굴이 하얗게 질려 있었다.

"수백만 년 전부터 꽃들은 가시를 만들었어. 꽃들이 왜 그러는지 이해하는 게 중요하지 않다는 거야? 그 꽃들을 어린 양이 무심코 먹어 버릴지도 모르는데? 수백만 개나 되는 별들 가운데서 하나밖에 없는 꽃을 사랑하는 사람이 있다면, 그 사람은 별들을 바라보는 것만으로도 행복할 거야. '저 별 어딘가에 내가 사랑하는 꽃이 있겠지.' 하고 생각할 거야. 만약 양이 그 꽃을 먹으면 그 사람에게는 그 많은 별들이 갑자기 사라져 버리는 거야. 그런데도 그게 중요하지 않다는 거야?"

그는 더 말을 잇지 못하고 갑자기 흐느껴 울기 시작했다.

나는 갑자기 망치도, 볼트도, 비행기도, 목마름도, 죽음마저도 중요하지 않게 느껴졌다. 나는 그를 감싸 안고 말했다.

"그 꽃은 괜찮을 거야. 내가 양의 입에 씌울 입마개를 그려 줄게. 그리고 네 꽃 주위에 울타리도 그려 주고……."

그래서 나는 그 꽃에 대해 더 자세히 알게 되었다. 어느 날 어린 왕자의 별에 알 수 없는 어떤 씨앗 하나가 날아와 싹을 틔웠다. 어린 왕자는 그 꽃이 바오밥 나무가 아닐까 유심히 지켜보았다. 어느 날 그 작은 나무는 성장을 멈추고 꽃을 피웠다. 어린 왕자는 그 꽃을 보고 감탄했다.

"당신은 정말 아름답군요!"

"그렇죠?"

어린 왕자는 그 꽃이 그다지 겸손하지 않다는 것을 알았다. 그래도 그 꽃은 너무 감동적이었다. 꽃은 까다로웠고 허영심이 있었으며 어린 왕자를 괴롭히기 시작했다.

"아침 먹을 시간이에요. 제 식사 좀 챙겨 주실래요?"

"발톱을 세우고 달려드는 호랑이를 제 가시로 막을 수 있죠."

"난 바람은 질색이에요. 혹시 바람막이 있으세요?"

"저녁에는 유리 덮개를 씌워 주세요. 전에 내가 살던 곳에서는⋯⋯."

가끔은 이렇게 터무니없는 거짓말을 하다 부끄러워하기도 했다. 그럴 때면 꽃은 일부러 기침을 심하게 했다. 어린 왕자는 꽃에게 호의를 느꼈기 때문에 되도록 꽃이 해 달라는 것을 모두 해 주려 했다. 그러다 가끔은 꽃 때문에 매우 기분이 언짢아지기도 했다. 어느 날, 그는 내게 이렇게 털어놓았다.

"그때 꽃의 말을 귀담아듣는 게 아니었어. 그냥 바라보고 향기를 맡기만 해야 했어. 내 꽃은 향기로 내 별을 뒤덮었는데⋯⋯. 나는 그게 얼마나 좋은 건지 몰랐던 거야. 나는 아무것도 이해할 줄 몰랐던 거야. 달아나지 말았어야 해. 꽃을 제대로 사랑하기에는 너무 어렸던 거야."

나는 어린 왕자가 철새들을 이용해 별을 떠나왔으리라 생각한다. 별을 떠나기로 마음먹은 날, 그는 별을 잘 정돈했다. 별에 있던 두 개의 활화산과 한 개의 죽은 화산까지, 정성껏 쑤셔서 청소해 놓고, 바오밥 나무의 싹들을 모두 뽑아냈다. 그리고 꽃에 물을 주고 유리 덮개를 씌워 주기 전에 인사를 했다.

"잘 있어!"

꽃은 두어 번 기침을 하더니 말했다.

"미안해. 내가 어리석었어. 날 용서해. 그리고 행복해야 해."

어린 왕자는 꽃이 투덜거리지 않는 것이 놀라워 유리 덮개를 손에 든 채 멍하니 서 있었다.

"난 널 좋아해. 그런데 넌 내 마음을 모르더라고. 그건 아무래도 좋아. 내 잘못이니까. 부디 행복해. 내 걱정은 하지 마."

꽃은 천진난만하게도 가시 네 개를 그에게 보여 주며 말했다.

"우물쭈물하고 있지 마. 신경질 나. 떠나려면 빨리 떠나!"

꽃은 자기가 우는 모습을 보여 주기 싫었던 것이다. 그만큼 자존심이 강한 꽃이었다.

여행을 떠나다

어린 왕자는 소행성 325호, 327호, 328호, 329호, 330호가 있는 근처를 여행하고 있었다. 그는 세상에 대해 더 알고 싶었고, 많은 친구를 사귀고 싶었다. 그가 간 첫 번째 별에는 왕이 살고 있었다. 왕은 화려한 옷을 입고 매우 위엄 있는 옥좌에 앉아 있었다. 왕은 어린 왕자를 보고 이렇게 외쳤다.

"아, 신하가 한 명 오는구나."

왕들에게 세상은 아주 간단했다. 세상 모든 사람이 신하들인 것이다. 왕은 명령을 내리는 것을 좋아했고, 자신의 명령은 모두 이치에 맞는 것이라고 믿었다. 어린 왕자는 의아했다. 왕이 사는 별은 아주 작은데 대체 무엇을 다스리는 걸까?

"전하는 무엇을 다스리십니까?"

"모든 것을 다스린다."

"그럼 별들도 전하께 복종을 하나요?"

"물론이지. 즉각 복종한다. 나는 불복종을 용서하지 않는다."

어린 왕자는 자신의 별에서처럼 해가 지는 것을 보고 싶었다.

"전하, 저는 해가 지는 것을 보고 싶습니다. 그러니 해에게 지금 명령을 내려 주십시오."

"흠흠……. 해 지는 것을 보게 해 주지. 그러나 사정이 허락될
때까지 기다려야 한다."

"언제 사정이 허락되나요?"

"흠……. 그것은……. 그러니까 저녁 일곱 시 사십 분쯤 될 것
이다."

어린 왕자는 해 지는 것을 바로 볼 수 없다는 사실에 실망했
고 그 별에 있는 것이 심심해졌다.

"저는 다시 떠나겠습니다."

"떠나지 마라. 내가 너를 법무대신으로 임명하겠다."

"하지만 여기는 재판할 사람이 한 사람도 없는걸요."

"그렇다면 네 자신을 심판하거라."

"제 자신을 심판하는 건 어디서든 할 수 있어요. 그러니 꼭 여
기 있을 필요는 없습니다."

"흠……. 그렇다면 내 별 어딘가에 사는 늙은 쥐를 심판하거
라. 그에게 사형 선고를 내려."

"저는 사형 선고를 내리기 싫습니다. 이제 떠나야겠습니다."

"가지 마라. 내 명령 없이는 너는 이 별을 떠날 수 없다."

어린 왕자는 늙은 왕의 마음을 아프게 하고 싶지 않아 이렇게 말했다.

"제게 일 분 내로 이 별을 떠나도록 명령을 내리십시오."

그러나 왕은 아무 대답도 하지 않다가 어린 왕자가 한숨을 쉬고 그 별을 떠나려 하자 다급하게 이렇게 소리쳤다.

"너를 내 외교관으로 임명하노라."

어린 왕자는 속으로 중얼거렸다.

'어른들은 참 알 수 없단 말이야.'

두 번째 별에는 허영심으로 가득한 남자가 우스꽝스런 모자를 쓴 채 살고 있었다. 그 남자는 세상 모든 사람들이 자신을 찬양한다고 생각하고 있었다. 그는 어린 왕자에게 자신을 찬양하는 박수를 치라고 말했다. 어린 왕자가 박수를 쳐 주자 그는 쓰고 있던 모자를 들어 올리며 점잖게 인사를 했다.

'왕보다 재미있는 사람인 것 같아.'

그러나 그것을 오 분쯤 되풀이하고 나니 어린 왕자는 그 장난이 재미없어졌다. 그 사람은 어린 왕자에게 계속 자신을 칭찬해 달라고 말했다.

'어른들이란 정말 이상하군.'

어린 왕자는 이렇게 생각하며 그 별을 떠나 여행을 계속했다.

그다음 별에는 술꾼이 살고 있었다. 그 사람과의 만남은 어린 왕자를 우울하게 만들었다.

"왜 술을 마셔요?"

"부끄러움을 잊기 위해서지."

"뭐가 그렇게 부끄러워요?"

"술을 마시고 있다는 게 부끄러워!"

술꾼의 대답은 어린 왕자를 어이없게 만들었다.

'어른들이란 정말이지…….'

어린 왕자는 다시 여행길에 올랐다.

네 번째 별은 사업가의 별이었다. 사업가는 무언가를 더하느라 바빠서 어린 왕자가 다가가도 고개조차 들지 않았다.

"2더하기 3은 5, 26더하기 5는 31이라. 휴, 그러니까 합이 5억 162만 2,731이군!"

"뭐가 5억 개예요?"

"지금 나는 아주 중요한 일을 하는 중이야. 가만있자……. 5억 1백만이랬지."

"뭐가 5억 개라는 거지요?"

"하늘에 있는 작은 별들이 그렇단 거야."

"그 별들을 어쩌려고요?"

"내가 가져야지."

"별들을 어떻게 가져요?"

"내가 별을 갖겠다고 생각한 최초의 사람이니까 내가 갖게 되는 거지."

"별을 갖고 어떻게 하는데요?"

"매일매일 별이 몇 개인지 세어 보고 관리하는 거지. 그건 아주 어려운 일이야."

어린 왕자는 그 사람의 말이 잘 이해되지 않았다.

"별은 머플러처럼 두를 수도 없고, 꽃처럼 꺾을 수도 없는데…… 아저씨는 별을 갖고 뭐를 할 수 있어요?"

"조그만 종이에다 내 별들의 숫자를 적어서 서랍 속에 넣고 자물쇠로 잠그지."

"그게 전부예요?"

어린 왕자는 그 사람의 일이 별에게 하나도 유익하지 않다고 생각했다.

'어른들은 정말 이상야릇하군!'

어린 왕자는 다시 길을 떠났다. 다섯 번째 별은 모든 별들 중에서 가장 작은 별이었다. 그 별에는 가로등 하나와 그것을 켜는 한 사람이 있을 자리밖에 없었다. 어린 왕자는 그 사람이 왕이나 사업가, 술꾼보다는 덜 어리석은 사람이라고 생각했다. 그가 가로등을 켜는 것은 마치 별 한 개나, 꽃 한 송이를 태어나게 하는 거랑 마찬가지라고 생각했기 때문이다. 가로등을 켜는 사람은 쉬지 않고 가로등을 켰다 껐다를 반복했다. 그는 몹시 힘들어 보였다.

　"아저씨가 쉬고 싶을 때 쉴 수 있는 방법을 알고 있어요. 이 별은 아주 작으니까 아저씨가 천천히 발걸음을 옮기기만 하면 계속 낮에 있을 수 있을 거예요."

　"잠깐 쉬는 건 도움이 안돼. 나는 잠을 자고 싶단 말이야."

　"그렇다면 할 수 없군요."

　어린 왕자는 속으로 생각했다.

　'지금까지 만난 사람 중에 우스꽝스럽지 않은 사람은 저 사람뿐이야. 그건 저 사람이 자기 자신이 아닌 다른 것에 열중하기 때문이야. 내가 친구로 삼을 수 있는 사람은 저 사람밖에 없어. 그렇지만 이 별은 너무 작아서 두 사람이 살 수 없겠어.'

어린 왕자는 그 별을 떠났지만 그 별을 잊을 수가 없었다. 그 별에서는 하루 스물네 시간 동안 무려 1,440번이나 해가 지는 것을 볼 수 있었기 때문이다.

여섯 번째 별은 열 배나 더 큰 별이었다. 그 별에는 엄청나게 큰 책을 쓰는 늙은 학자가 살고 있었다.

"이 책은 뭐예요? 여기서 뭘 하는 거지요?"

"난 지리학자란다. 바다나 강, 마을과 산, 사막이 어디 있는지를 아는 학자지."

"훌륭한 직업이네요. 그리고 이 별도 무척 아름다워요. 이 별에 바다도 있나요?"

"그건 나도 몰라."

"할아버지는 지리학자라면서요?"

"그건 탐험가가 돌아다니면서 알아내야 하는 거야. 지리학자는 책상을 떠나지 않아. 책상에 앉아서 탐험가를 만나는 거지. 그들에게 물어서 기록을 하는 거란 말이야. 너는 멀리서 왔지? 네 별에 대해 이야기해 줘."

지리학자는 갑자기 흥분하며 노트를 펼치고 연필을 깎았다.

"내가 살던 곳은 아주 작은 별이에요. 화산이 셋 있고……. 꽃

도 한 송이 있어요."

"지리학자는 꽃은 기록하지 않아."

"어째서요?"

"꽃은 피었다 지는 일시적 존재지. 지리 책에는 세월이 지나도 영원한 것들만 기록하는 거야. 산이나 바다 같은 것 말이야."

"일시적 존재라는 게 무슨 뜻이죠?"

"얼마 안 가서 없어져 버릴지도 모른다는 뜻이야."

"내 꽃이 얼마 안 가서 없어져 버린다고요?"

어린 왕자는 그 말을 듣고 생각에 잠겼다.

'내 꽃은 일시적인 존재야. 세상에 대항할 무기라곤 가시 네 개밖에 없어. 그런 꽃을 내 별에 홀로 남겨 두고 오다니……'

어린 왕자는 별을 떠나 처음으로 후회했다.

지리학자가 어린 왕자에게 말했다.

"지구라는 별에 가 보렴. 그 별은 평판이 아주 좋거든."

어린 왕자는 홀로 남은 꽃을 생각하며 다시 여행길에 올랐다.

날 길들여 줘

일곱 번째 별은 그렇게 해서 지구가 되었다. 지구는 지금까지 본 평범한 별들과는 아주 다른 별이다. 거기에서 111명의 왕들과 7,000명의 지리학자와 90만 명의 사업가, 그리고 750만 명의 술꾼, 3억 1,100만 명의 허영심으로 가득 찬 사람들 등 약 20억 명쯤 되는 어른들이 살고 있으니까. 또 전기가 발명되기 전에는 여섯 개의 대륙에 자그마치 46만 2,511명이나 되는 가로등 켜는 사람이 있었다니 여러분들도 지구가 얼마나 큰 별인지 짐작이 될 것이다. 물론 지구에 20억 명의 어른들이 산다고 해도 그들을 차곡차곡 포개어 놓는다면 태평양 위의 아무리 작은 섬에라도 다 쌓을 수는 있겠지만.

어린 왕자가 지구에 처음 도착했을 때 그는 아무리 둘러봐도 사람이 보이지 않는 것에 놀랐다. 혹시 다른 별로 온 게 아닌가 걱정을 할 때, 동그란 황금빛 고리 같은 것이 모래 속에서 움직이는 것을 보았다. 그것은 뱀이었다. 어린 왕자는 뱀에게 인사를 하며 물었다.

"안녕! 여기가 어디니?"

"여긴 지구야."

"지구에는 아무도 살지 않니?"

"여긴 사막이야. 사막엔 아무도 없어. 지구는 아주 크거든."

어린 왕자는 돌 위에 걸터앉아 하늘을 올려다보며 말했다.

"별이 저렇게 반짝이는 건 누구든 언제나 다시 자기 별을 찾아내게 하려는 게 아닐까? 저기 내 별을 봐. 바로 우리 머리 위에 있어."

"네 별은 아름답구나. 여기는 뭐 하러 왔니?"

"어떤 꽃이랑 좀 안 좋은 일이 있었어. 그런데 사람들은 어디 있니? 사막은 너무 쓸쓸해."

"사람들이 있어도 외로운 건 마찬가지야."

뱀이 대답했다.

"넌 참 이상하게 생겼구나. 발이 없어 여행도 할 수 없을 테고."

어린 왕자가 이렇게 말하자 뱀은 어린 왕자의 발목을 금팔찌처럼 휘감으며 말했다.

"나는 너를 아주 먼 곳으로 데려갈 수 있어. 누구든 날 건드리기만 하면 자기가 왔던 곳으로 돌려보내 버리지. 그렇지만 넌 순진하고 또 다른 별에서 왔으니까……. 너처럼 약한 아이가 이 지구에 오다니 가엾은 생각이 들어. 네 별이 그리우면 언제든 내가 너를 도울 수 있을 거야. 나는……."

"아, 그래! 무슨 뜻인지 알 것 같아. 그런데 넌 늘 수수께끼 같은 말만 하니?"

"난 수수께끼를 모두 풀 수 있어."

어린 왕자와 뱀은 이 이야기를 나누고 침묵에 잠겼다.

어린 왕자는 사막을 가로질렀지만 작은 꽃잎이 세 장 달린 작은 꽃 한 송이를 만났을 뿐이다. 어린 왕자는 작은 꽃에게 사람들을 보았냐고 물었다.

"사람들은 뿌리가 없어. 바람에 불려 다니지. 어디로 가야 찾을 수 있는지 나도 몰라."

어린 왕자는 높은 산에 올라갔다. 그 산은 아주 높아서 꼭대기에 올라가면 지구와 지구에 사는 모든 사람들을 볼 수 있을 거라 생각했다. 그러나 여기저기 뾰족한 산봉우리만 보일 뿐이었다. 어린 왕자는 혹시나 하고 말해 보았다.

"안녕!"

"안녕……. 안녕……. 안녕……."

메아리가 대답했다.

'참 얄궂은 별이군. 온통 메마르고 뾰족뾰족한 데다……. 사람들은 상상력도 없어. 내가 한 말만 되풀이하잖아. 내 별에 사는 꽃은 늘 내게 먼저 말을 건넸는데…….'

어린 왕자는 모래벌판을 지나 바위와 눈을 헤치고 오랫동안 걷다 마침내 길을 하나 발견했다. 그 길을 따라가다 장미가 활짝 피어 있는 정원을 만났다. 그 장미들은 모두 어린 왕자의 꽃과 아주 닮아 있었다. 어린 왕자는 놀라서 물었다.

"너희들은 누구니?"

"우린 장미꽃들이야."

어린 왕자는 자신이 불행하게 느껴졌다. 그의 꽃은 언제나 자신이 세상에서 단 하나뿐인 꽃이라고 말했다. 하지만 그 꽃과 똑같이 생긴 꽃이 한 정원에만 5,000송이가 피어 있다니!

'만약 내 꽃이 이걸 본다면 무척 상심할 거야. 야단스럽게 기침을 해 대며 웃음거리가 되지 않으려고 죽은 척할지도 몰라. 나는 세상에서 단 하나뿐인 꽃을 가진 부자라고 생각했는데, 그 꽃은 그저 평범한 장미꽃에 불과해. 내가 가진 거라곤 흔한 장미꽃 한 송이와 무릎 높이밖에 되지 않는 세 개의 화산뿐인 거야…….'

어린 왕자는 엎드려 울었다. 바로 그때 여우가 나타났다.

"안녕!"

"안녕!"

여우는 사과나무 아래에 있었다.

"넌 누구야? 참 예쁘구나."

어린 왕자가 말했다.

"난 여우야."

"이리 와서 나랑 놀아 줘. 난 정말 슬퍼……."

"난 너와 함께 놀 수 없어. 난 길들여지지 않았으니까!"

"길들인다는 게 뭔데?"

"그건 '관계를 만든다'는 뜻이야."

"관계를 만든다고?"

"넌 나에게 아직은 많은 다른 소년들과 다르지 않은 한 소년일 뿐이야. 너에게 나도 마찬가지로 수많은 여우 중의 한 마리일 뿐이지. 그렇지만 만약 네가 날 길들인다면 우리는 서로가 필요해지는 거야. 너는 나에게 세상에 단 하나뿐인 존재가 되고, 나도 너에게 세상에서 유일한 존재가 되는 거야."

"아, 조금 알 것 같아. 나에게 꽃 한 송이가 있는데 그 꽃이 나를 길들인 걸 거야. 아마도……."

"그럴지도 모르지, 지구에서는 온갖 일이 일어나니까."

"아냐. 그건 지구에서가 아니야. 다른 별에서지."

"그 별에도 사냥꾼이나 닭이 사니?"

"아니."

"세상에 완전한 데라곤 없군!"

여우는 한숨을 내쉬고 이야기를 계속했다.

"내 생활은 지루하고 단조로워. 나는 닭을 쫓고, 사람들은 나를 쫓고. 만약 네가 날 길들인다면 내 생활이 밝아질 거야. 네 발자국 소리를 들으면 나는 가슴이 뛰겠지. 네가 날 길들인다면, 네 황금빛 머리카락 때문에 저기 있는 황금빛 밀밭이 너에 대한 추억을 떠올리게 할 거야. 그러면 나는 밀밭 사이를 지나가는 바람 소리도 좋아하게 되겠지……."

여우는 한참 동안 말이 없더니 다시 말했다.

"부탁이야, 나를 길들여 줄래?"

"그러고 싶지만 시간이 없어. 난 친구를 많이 사귀고, 많은 것들을 알고 싶거든."

"무언가를 길들이지 않고서는 그걸 정말로 알 수는 없어. 네

가 친구를 갖고 싶다면 날 길들여 줘."

"어떻게 하면 되는데?"

"그건 인내심이 필요한 일이야. 처음에는 내게서 좀 떨어져서 이렇게 풀밭이 앉아 있어. 나는 너를 흘끔흘끔 쳐다보게 될 거야. 말은 필요 없어. 그저 날마다 조금씩 더 가까이 다가앉으면 되는 거야."

다음 날 어린 왕자는 다시 여우에게 갔다.

"매일 똑같은 시간에 와 주면 더 좋아. 네가 오후 네 시에 온다면 난 오후 세 시부터 행복해질 거야. 만약 네가 아무 때나 온다면 나는 몇 시에 맞추어 내 마음을 준비해야 하는지 모르게 돼. 어떤 준비 의식 같은 게 필요하거든."

"의식이라는 게 뭐야?"

"그것 역시 길들이는 것처럼 쉽게 잊혀지는 거야. 의식이란 어느 하루를 다른 날들과는 다른 특별한 날로 만들어 주고, 어느 한 시간을 특별한 시간으로 만들어 주는 거야."

그렇게 해서 어린 왕자는 여우를 길들였다. 시간이 되어 그가 떠나려고 하자 여우가 말했다.

"아! 난 울고 말 거야."

"어쩌면 그건 네 탓이야. 네가 길들여 달라고 했잖아."

"그건 그래."

"길들인다는 게 뭐가 좋니?"

"좋은 게 있지. 가서 그 장미꽃들을 다시 봐. 네가 두고 온 그 꽃이 세상에서 하나뿐인 장미라는 걸 알게 될 거야. 그리고 돌아와서 작별 인사를 해 줘. 한 가지 비밀을 선물해 줄게."

어린 왕자는 여우의 말대로 장미꽃을 다시 보러 갔다.

"너희들은 아무것도 아니야. 너희들은 예전의 여우와 같아. 이제 난 여우를 길들여서 그 여우는 내게 세상에 하나뿐인 여우가 됐어. 내 꽃은 너희들보다 더 소중해. 내가 물을 주고, 유리 덮개를 씌워 주었기 때문이야. 또 바람막이로 보호해 주기도 했지. 그 꽃이 불평을 하거나 자랑을 할 때도, 침묵할 때도 나는 모두 들어주었어. 그 꽃은 내 꽃이기 때문이야."

어린 왕자는 다시 여우에게 돌아갔다.

"잘 가. 내가 비밀을 말해 줄게. 아주 간단한 건데……. 그건 마음으로 보아야 잘 보인다는 거야. 가장 중요한 것은 눈에 보이지 않는 법이거든. 네 장미를 그토록 소중하게 만든 건 그 꽃에게 바친 네 시간들 때문이야. 사람들은 그 진리를 쉽게 잊지만 넌 잊어선 안 돼. 네가 길들인 것에 대해 넌 언제까지나 책임이 있는 거니까.”

“나는 내 장미에 책임이 있어…….”

어린 왕자는 여우가 가르쳐 준 걸 잊지 않으려 중얼거렸다.

어린 왕자는 철도의 전철수를 만났다. 그는 사람들을 가득 태운 급행열차를 어떤 때는 왼쪽으로, 어떤 때는 오른쪽으로 보내는 일을 하고 있었다. 짧은 시간에도 급행열차들이 불을 환히 밝히고 들어왔다가 나갔다.

“다들 매우 바쁜가 봐. 도대체 뭘 찾으러 달려가는 거지?”

어린 왕자가 물었다.

“그건 아무도 몰라. 사람들은 그저 번갈아 오가는 것뿐이야. 그저 저 안에서 잠들어 있거나 하품만 하고 있지. 아이들만 유리창에 코를 바짝 대고 밖을 내다볼 뿐이야.”

전철수의 말에 어린 왕자가 말했다.

“자기가 무얼 찾고 있는지 아는 건 어린아이들밖에 없어. 아이들은 헝겊으로 만든 인형을 찾느라 시간을 보내기도 하잖아. 그러면 그 인형은 소중한 것이 되는 거야.”

어린 왕자는 일주일에 한 알만 먹으면 물을 마시지 않아도 되

는 약을 파는 상인도 만났다.

"그 약을 왜 팔아?"

"이걸 먹으면 시간이 절약돼. 일주일에 무려 오십삼 분이나!"

어린 왕자는 그 말을 듣고 생각했다.

'만약 오십삼 분이 생긴다면 그 오십삼 분 동안 샘이 있는 곳을 향해 아주 천천히 걸어갈 텐데…….'

자기 별로 돌아간 어린 왕자

어린 왕자에게 상인의 이야기를 들은 건 사막에서 비행기가 고장을 일으킨 지 여드레째 되는 날이었다. 난 그때 마지막 한 방울의 물을 마셨다. 나는 어린 왕자에게 말했다.

"네 이야기는 무척 재미있어. 그런데 난 아직 비행기를 고치지도 못했고 물도 바닥났어. 우린 목이 말라 죽을지도 몰라."

나는 어린 왕자가 지금 닥친 상황이 얼마나 위험한 일인지 알지 못한다고 생각했다.

"그래, 나도 목이 말라. 우물을 찾으러 가……."

어린 왕자는 내 마음을 알고 있다는 듯 이렇게 말했다.

이 넓은 사막에서 무턱대고 우물을 찾으러 가자니……. 나는 어이가 없었지만 어느새 어린 왕자와 함께 걷고 있었다. 몇 시간이 지나니 어둠이 내리고 별들이 반짝이기 시작했다. 갈증이 심해 열까지 나는지 별들이 몽롱해 보였다. 어린 왕자가 내게 해 준 이야기들이 내 머릿속에서 춤을 추는 것 같았다. 어린 왕자도 지쳐 보였고, 우리는 나란히 앉아 쉬었다. 어린 왕자가 내게 말했다.

"별들이 아름다운 건 보이지 않는 꽃 때문일 거야……."

"그래……."

"사막이 아름다운 건 어딘가에 우물을 감추고 있기 때문일 거야……."

나는 어린 왕자의 말을 듣고 흠칫 놀랐다. 나는 언제나 사막을 좋아했다. 아무것도 보이지 않고, 아무것도 들리지 않고……. 그 침묵 속에 뭔가 환히 빛나고 있는 것이 사막이다. 그 신비로운 빛이 무엇인지 어린 왕자의 말을 듣고 깨달았다.

"그래 맞아. 집이든 별이든……, 사막이든 그걸 아름답게 해 주는 것은 보이지 않는 것이야."

"아저씨가 내 여우와 같은 생각이어서 기뻐."

나는 잠든 어린 왕자를 안고 다시 걷기 시작했다. 마치 부서지기 쉬운 소중한 보물 하나를 안고 있는 것 같았다.

'잠든 어린 왕자가 이토록 나를 감동시키는 것은 꽃 한 송이를 향한 그의 성실성 때문일 거야. 장미꽃 하나가 램프의 불빛처럼 잠든 이 얼굴에서 환하게 빛나고 있기 때문이야.'

나는 어린 왕자가 아주 연약한 존재라는 생각이 들었다. 그렇게 밤새 걷고 걷다가 동이 틀 무렵 우물을 발견했다.

우리가 찾은 우물은 마치 마을의 우물과 비슷했다. 꼭 꿈을 꾸는 기분이었다. 근처에 마을도 없는데 그 우물에는 모든 게 다 있었다.

"거 참 이상하군. 모든 게 다 있잖아. 물통, 도르래, 밧줄……."

내가 이렇게 말하자 어린 왕자는 웃으면서 줄을 잡고 도르래를 잡아당겼다. 그러자 도르래는 한 번도 돈 적이 없는 바람개비처럼 삐거덕 소리를 냈다. 어린 왕자가 그 소리를 듣고 말했다.

"우리가 이 우물을 잠에서 깨어나게 한 거야. 우물이 노래하는 거라고."

"이리 줘. 네가 당기기엔 너무 무거워!"

나는 어린 왕자 대신 천천히 두레박을 꼭대기까지 당겨 올렸다. 내 귀에 도르래의 노랫소리가 들렸고, 두레박에 담긴 물 위로 해가 일렁이는 게 보였다.

"그 물을 마시고 싶어. 한 모금 줘……."

나는 어린 왕자의 입술에 두레박을 갖다 대어 주었다. 그는 눈을 감은 채 물을 마셨는데, 그 순간이 마치 축제처럼 감미롭게 느껴졌다. 그것은 별빛 아래 밤새 걸어온 길과 도르래의 노래, 그리고 그걸 당긴 내 팔의 노력으로 태어난 것이었다.

"아저씨네 별 사람들은 정원에 5,000송이의 장미꽃을 키우면서도 자기들이 찾는 것을 거기서 발견하지 못해. 그건 장미 한 송이나 물 한 모금에서 얻을 수도 있는데 말야. 그건 눈에 보이지는 않아, 마음으로 찾아야 해."

나는 물을 마시고 숨을 한 번 크게 쉬었다. 모래는 새벽빛을 받아 반짝였고 나는 행복했다.

"아저씨가 한 약속을 지켜야 해. 양에게 씌울 입마개 말이야. 나는 그 꽃에 책임이 있어!"

나는 어린 왕자와 함께 있는 동안 내가 그려 두었던 그림들을 주머니에서 꺼냈다. 어린 왕자의 별, 바오밥 나무, 여우……. 어린

왕자는 그걸 보더니 웃으며 말했다.

"아저씨가 그린 바오밥 나무는 양배추 같아. 이 여우는 귀가 꼭 뿔처럼 생겼어!"

"그건 너무 심한 말이야. 난 속이 보이는 보아뱀과 안 보이는 보아뱀밖에는 그릴 줄 몰랐으니까."

"아, 그건 괜찮아. 아이들은 다 알거든."

나는 입마개를 그려서 그에게 주었다. 그리고 조마조마한 마음으로 그에게 물었다.

"이젠 어떡할 거니?"

"내일은……. 내가 지구에 떨어진 지 꼭 일 년이 되는 날이야. 바로 이 근처에 떨어졌지……."

왠지 모를 슬픔이 마구 솟구쳤다.

"넌 혹시 네가 떨어진 바로 그곳으로 돌아가고 있었던 거니?"

어린 왕자는 대답하는 대신 얼굴을 붉혔다. 나는 그것이 '그래.'라고 대답하는 것이란 걸 알았다.

"아! 나는 어쩐지 두려워."

"아저씨는 이제 일을 해야 해. 아저씨 기계로 돌아가. 난 여기서 아저씨를 기다리고 있을게. 내일 저녁에 다시 와."

그는 내게 이렇게 말했지만 나는 마음이 놓이지 않았다. 그 여우가 한 말이 떠올랐다. 누군가에게 길들여졌을 때는 울게 될 일이 생길지도 모르는 것이다.

다음 날 저녁 내가 일을 마치고 다시 어린 왕자에게 갔을 때, 그는 우물 옆 허물어진 오래된 돌담에 앉아 있었다. 그는 누군가에게 말하고 있었다.

"기억 못 하겠니? 정확하게 여기는 아니야."

그는 또 다음과 같이 대꾸했다.

"아냐, 아냐! 날짜는 틀림없어. 그런데 위치가 여기가 아냐."

나는 돌담 쪽으로 걸어갔다. 여전히 아무도 보이지 않았지만 어린 왕자는 계속 이야기를 하고 있었다.

"물론이지. 내 발자국이 어디서 시작되는지 잘 봐 둬. 그곳에서 넌 날 기다리면 돼. 오늘 밤에 올게. 네가 가진 독은 좋은 거지? 오래 아프지는 않지? 그럼 이제 가 봐. 내려가야겠어."

나는 돌담 아래쪽을 바라보다 깜짝 놀랐다. 거기에는 노란 뱀이 머리를 바짝 세우고 있었다. 나는 권총을 꺼내려고 호주머니를 뒤지며 막 달려갔다. 뱀은 내 발소리를 들었는지 스르르 돌들 사이로 숨어 버렸다. 나는 돌담 밑에까지 가서 얼굴빛이 눈처럼 하얗게 된 어린 왕자를 품에 안았다.

"어떻게 된 거야? 왜 뱀과 이야기를 하고 있니?"

나는 그의 금색 머플러를 끄르고 관자놀이를 물로 적셔 주고 물을 마시게 했다. 그는 아주 진지한 얼굴로 날 보더니 두 팔로 날 끌어안았다. 그의 심장이 총에 맞아 죽어 가는 새처럼 팔딱이는 것이 느껴졌다.

"아저씨가 기계를 고쳐서 다행이야. 이제 아저씨 집으로 돌아갈 수 있겠네."

"그걸 어떻게 알았어? 너에게 와서 알려 주려 했는데……."

"나도 오늘 밤 집으로 돌아가. 내가 갈 길이 훨씬 더 멀고, 더 힘들어……."

"너 무서웠구나. 뱀이니 약속이니 별들이니 하는 건 모두 나쁜 꿈 같은 것 아니니?"

"밤마다 별들을 바라봐. 내 별은 작아서 어디 있는지 알려 줄 수는 없어. 오히려 잘됐지 뭐. 아저씨는 어떤 별을 바라보든 즐거워할 테니까. 그 별들은 모두 아저씨 친구가 될 거야. 그리고 내가 아저씨에게 선물을 하나 하려고 해."

어린 왕자는 이렇게 말하고 소리 내어 웃었다.

"아, 나는 너의 그 웃음소리가 좋아."

"바로 그게 내가 주는 선물이야."

"그게 무슨 소리야?"

"나는 저 별들 가운데 하나에 살고 있을 거야. 그 별에서 웃고 있을 거야. 아저씨가 밤하늘을 보면 별들이 웃고 있는 것처럼 느껴질 거야. 아저씨는 웃을 줄 아는 별들을 갖게 되는 거야."

어린 왕자는 웃으며 이렇게 말하고 다시 진지한 얼굴로 내게 말했다.

"오늘 밤에는 오지 마……."

"난 네 곁을 떠나지 않을 거야."

"난 죽은 것처럼 보일지도 몰라. 괜히 그런 걸 보지 마."

"그래도 난 네 곁을 떠나지 않을 거야."

"뱀이 아저씨를 물지도 몰라."

"그래도 난 네 곁을 떠나지 않을 거야."

그날 밤 그는 슬그머니 내 곁을 떠나 사라졌지만 나는 그를 뒤쫓아 갔다. 그는 아주 빠른 걸음으로 걷다가 나를 보자 이렇게 말했다.

"아저씨 마음이 아플 텐데……. 내가 죽은 것처럼 보일 거야.

하지만 갈 길이 너무 멀어서 그런 거야. 내 몸까지 가져갈 수는 없거든."

그는 조금 풀이 죽어 있는 듯이 보였다. 그리고 울고 있었다.

"이제 다 왔어. 여기야. 나 혼자 한 걸음 옮기게 해 줘."

그는 이렇게 말하고 자리에 주저앉았다.

"아저씨, 나는 내 꽃에 책임이 있어. 그는 너무 약하거든. 또 너무 순진해."

나는 더 이상 서 있을 수가 없어서 주저앉았다.

"자……, 이제 다 됐어."

그는 잠시 머뭇거리더니 다시 일어나 한 걸음 옮겼다.

나는 꼼짝도 할 수 없었다. 그의 발목에 노란 빛이 한 번 번쩍했다. 그는 잠깐 동안 그대로 서 있었으며 소리치지도 않았다. 그리고 나무가 쓰러지듯 스르르 쓰러졌다. 그리고 다음 날 해가 떴을 때 그의 몸은 온데간데없이 사라졌다.

이 모든 일이 벌써 육 년 전 일이다. 나는 이 이야기를 누구에게도 한 적이 없다. 이제 내 슬픔도 좀 가셨다. 나는 그가 자기 별로 돌아갔다는 것을 안다. 나는 밤에 별들의 소리를 듣는 게 좋다.

가끔 나는 내가 그려 준 양의 입마개 때문에 걱정을 하기도 한다. 양의 입에 고정시킬 수 있는 가죽 끈을 붙여 주는 걸 깜빡했기 때문이다. 그의 별에서는 무슨 일이 일어났을까? 양이 꽃을 먹어 버렸을까? 아니다, 그럴 리가 없다. 어린 왕자가 밤마다 유리 덮개를 그 꽃에 잘 덮어 주었을 테니까.

혹시 어린 왕자가 유리 덮개 덮는 걸 깜빡한다면 어쩌지? 그래서 양이 밤에 몰래 나와 꽃을 먹는다면? 그런 생각을 하면 밤하늘의 모든 별이 눈물방울로 변한다. 이건 정말 신기한 일이다. 우리가 잘 알지도 못하는 양 한 마리로 인해 우주의 모습이 온통 뒤바뀌게 되는 것이다. 이것이 얼마나 중요한 일인지 어른들은 아무도 알지 못할 것이다.

만약 여러분이 언젠가 아프리카 사막을 여행할 일이 있다면……. 그리고 어떤 아이 하나가 여러분에게 다가와 웃는다면, 그 아이가 금발 머리를 하고 있다면, 뭐라고 물어도 대답은 하지 않고 자기 이야기만 한다면……. 여러분은 그가 누구인지 짐작할 수 있을 것이다. 그러면 내가 더 이상 슬퍼하지 않게 그가 돌아왔다고 꼭 내게 편지해 주시길…….

부록

독후 활동

- 내용 확인하기

- 생각 나누기

- 신 나게 활동하기

- 생생 독후감

엄마와 함께하는 독후 활동

내용 확인하기

1. 내가 여섯 살 때 보아뱀이 맹수를 잡아먹고 있는 그림을 그리자 어른들은 그것을 보고 무엇과 같다고 했나요?

예시 모자

2. 비행기 고장으로 사하라 사막에 혼자 있을 때 어린 왕자는 양을 그려 달라 합니다. 어떤 그림을 그려 주었을 때 가장 마음에 들어 했나요?

예시 상자 한 개를 그리고 그 안에 양이 있다고 하자 무척 마음에 들어 했다.

3. 어린 왕자가 자신의 별에서 매일 아침 바오밥 나무를 뽑아 주는 이유는 무엇인가요?

예시 바오밥 나무는 제때에 뽑지 않으면 어린 왕자의 별을 엉망으로 만들고 나중에는 산산조각을 내기 때문에 매일 뽑아 주어야 한다.

4. 어린 왕자가 소행성 근처를 여행할 때 첫 번째 별에는 어떤 사람이 살고 있었나요?

> **예시** 왕이 살고 있었다. 그는 화려한 옷을 입고 매우 위엄 있는 옥좌에 앉아 명령을 내리는 것을 좋아했고, 자신의 명령은 모두 이치에 맞는 것이라고 믿었다.

5. 어린 왕자가 두 번째 별에서 만난 우스꽝스런 모자를 쓴 남자는 어떠했나요?

> **예시** 허영심으로 가득했다. 세상 모든 사람들이 자신을 찬양한다고 생각하고 있었고, 어린 왕자에게도 자신을 찬양하는 박수를 치라고 했다.

6. 어린 왕자가 여행하면서 만난 사람 중에 친구를 삼을 만한 사람은 누구였으며, 그 이유는 무엇이었나요?

> **예시** 가로등 켜는 사람이다. 자기 자신이 아닌 다른 일에 열중하고 있는 모습이 좋아 보였다. 하지만 별이 너무 작아서 어린 왕자가 있을 곳이 없었다.

7. 어린 왕자는 누구의 이야기를 듣고 지구에 올 수 있었나요?

> **예시** 엄청나게 큰 책을 쓰는 지리학자가 평판이 좋은 별이라며 지구를 소개해 주었다.

8. 나는 어린 왕자의 어떤 면에 감동을 받았나요?

> **예시** 꽃 한 송이를 향한 그의 성실성에 감동을 받았다.

9. 나와 어린 왕자는 사막에서 우물을 발견하고 도르래를 잡아당기자 바람개비처럼 삐거덕 소리가 납니다. 그 소리는 어린 왕자에게 어떻게 들렸나요?

> **예시** 우물이 잠에서 깨어 노래하는 소리로 들렸다.

10. 어린 왕자는 장미 한 송이나 물 한 모금에서 얻을 수 있는 가치는 어떻게 찾을 수 있다고 했나요? 어린 왕자의 말을 인용해서 답을 써 보세요.

예시 그건 눈으로 보지는 못해. 마음으로 찾아야 해.

11. 어린 왕자가 나에게 준 선물은 무엇인가요?

예시 웃을 줄 아는 별들. 어린 왕자가 별에서 웃고 있으면 별들이 웃고 있는 것처럼 느껴지고, 결국 나는 웃을 줄 아는 별들을 가지게 된다는 의미이다.

12. 내가 본 어린 왕자의 마지막 모습은 어떠했나요?

예시 발목에 노란 빛이 한 번 번쩍했다. 어린 왕자는 잠깐 동안 그대로 서 있었으며 소리치지도 않았다. 그리고 나무가 쓰러지듯 스르르 쓰러졌다. 다음 날 해가 떴을 때 어린 왕자의 몸은 온데간데없이 사라져 보이지 않았다.

1. 어린 왕자는 꽃에 가시가 있는 이유를 어린 양에게 먹히지 않고 자신을 지키기 위해서라고 했어요. 여러분은 꽃에 왜 가시가 있다고 생각하나요?

2. 어린 왕자는 꽃을 무척 사랑해서 꽃이 부탁하는 것들을 모두 들어주고 싶어 했어요. 사랑하는 마음이란 어떤 것인지 여러분도 한번 생각해 보세요.

3. 어린 왕자가 두 번째 별에서 만난 남자는 계속 칭찬만 해 달라고 했어요. 무조건 칭찬만 하면 안 되는 이유를 생각해 보세요.

4. 어린 왕자는 여러 별을 돌아다니면서 어른들을 이해할 수 없다고 했어요. 여러분도 어른들의 행동 중 이해하기 어려운 점이 있는지 생각해 보세요.

~~~~~~

~~~~~~

5. 여우가 말한 길들여진다는 것은 '관계를 만든다'는 뜻인데, 이것은 무슨 의미일까요?

~~~~~~

~~~~~~

6. 어린 왕자와 조종사는 우물을 찾으러 함께 걷다가 다음과 같은 이야기를 서로 나누죠. 빈칸에 알맞은 단어를 넣어 주세요.

"별들이 아름다운 건 보이지 않는 (   ) 때문일 거야……."
"그래……."
"사막이 아름다운 건 어딘가에 (   )을 감추고 있기 때문일 거야……."
나는 어린 왕자의 말을 듣고 흠칫 놀랐다.
"그래 맞아. 집이든 별이든……, 사막이든 그걸 아름답게 해 주는 것은
(   ) 것이야."

● 엄마와 함께 <어린 왕자>를 읽고 한 편의 짧은 만화로 만들어 보세요.

① 별에 있던 두 개의 활화산과 한 개의 죽은 화산까지 정성껏 청소하는 장면

② 바오밥 나무의 마지막 싹들을 모두 뽑아내는 장면

③ 꽃에 물을 주는 장면

④ 유리 덮개를 씌워 주기 전에 마지막 인사를 하는 장면

• 어린 왕자처럼 눈에 보이지 않는 소중한 가치를 찾아가는 것은 매우 중요합니다. 나에게 소중하다고 생각하는 가치를 떠오르는 대로 적어 봅시다.

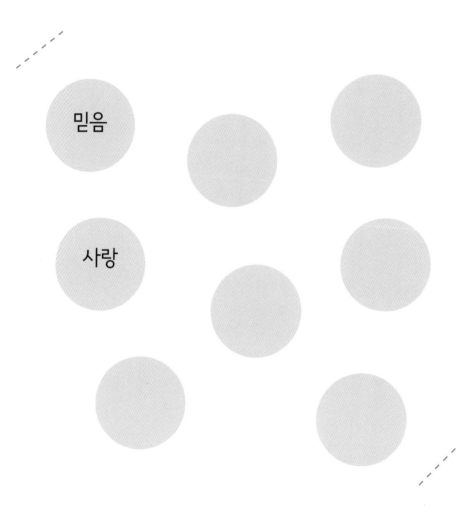

• <어린 왕자>를 재미있게 읽었나요? 오래오래 기억에 남을 수 있도록 독서 기록장을 정리해 보세요.

책 제목

지은이

읽은 날짜   년   월   일 ~   년   월   일

등장인물

줄거리

느낀 점

〈어린 왕자〉를 읽고

어린 왕자는 자기 별을 떠나 여러 별을 여행했다. 첫 번째 별에는 왕이 있었다. 두 번째 별에는 우스꽝스러운 모자를 쓰고 있는 남자가 있었다. 그 사람은 계속 칭찬만 해 달라고 하는 이상한 사람이었다. 어른들도 칭찬받는 걸 많이 좋아하나 보다. 그리고 세 번째 술꾼이 사는 별, 네 번째 사업가의 별, 다섯 번째는 한 사람밖에 살 수 없는 아주 작은 별, 여섯 번째는 엄청 큰 책을 쓰는 지리학자의 별, 마지막으로 지구를 여행했다. 어린 왕자는 조종사 아저씨와 친구가 되기도 하고 여우를 길들이기도 한다. 나는 친구들이 많지 않은데 친구랑 친해지는 법을 어린 왕자에게 배우고 싶다.

어린 왕자는 지구에 온 지 1년 되는 날 조종사 아저씨와 함께 있다가 사라졌다. 정말 자기 별로 갔을까? 어떻게 갔을까? 귀엽고 예쁜 어린 왕자의 금발 머리가 자꾸만 생각난다.

경기도 용인시 마북초등학교 백유진